길, 끝에서 만날

길, 끝에서 만날

김상배 시집

개미

2023년 전문예술단체 〈장애인인식개선오늘〉의 일련의 노력인 '장애인창작활동지원사업'의 일환으로 발간되는 '대한민국장애인창작집발간' 사업의 지속성 답보는 지방자치분권시대의 성과라고 사려됩니다. 대전광역시, 대전문화재단 관계자 여러분과 참여한 작가분들 그리고 응원해주시는 시민 여러분들게 진심으로 감사드립니다.

세계의 곳곳마다 지구환경문제, 기후문제, 전쟁문제 등으로 몸살을 앓고 있습니다. 이에 따른 사회적 우울감도 깊어지고 있습니다. 중앙정부나 지방정부는 나라 간의 문제를 비롯해 계층 간의 갈등, 장애와 노인문제와 아동 등 사회적 취약계층을 위한 정책과 제도에 전력을 기울여야 함에도 불구하고 잠재적 보편성을 가지고 접근해야 하는 국가의 신인도와 투명성 제고에 대해 생각조차 하지 않는 건 아닌지 걱정이 앞섭니다.

2023년 〈대한민국장애인창작집필실〉 동인들에게 좋은 소식이 있었습니다. 세종도서문학나눔 1종과 우수출판콘텐츠제작지원 1종이 선정되었습니다. 이는 전국의 작가들과 경쟁하여 얻어낸 성과라는 큰 의미와 대전지역의 장애인문학과 콘텐츠의 위상을 말하고 있음을 알 수 있습니다.

2023년 〈대한민국장애인창작집〉발간지원에 수필 부문 두 분과 시 부문 두 분이 선정되었습니다. 장애인 이해당사자, 장애인 가족, 장애인 관련 직종에 오래 근무 중인 분들로 확대 공모를 하였고 우수한 원고들이 출품되어 선정하였습니다. 장애인문학 확산을 위해 잡지를 발행하고 문학을 공연콘텐츠로 제작 보급도 꾸준히 해오고 있습니다. 또, 매년 이러한 사회공헌에 참여하거나 연대한 자원봉사자 참여 작가 공연자들을 발굴하여 국회의원 유공 표창도 하고 있습니다.

전문예술단체 〈장애인인식개선오늘〉은 '사회적 가치함양', '제도개선', '학술' 등에 관한 포럼도 19년째 개최해 오고 있습니다. 이는 대전광역시·대전문화재단의 '장애인창작활동지원사업'의 성과임에 분명하며 타 시도의 롤 모델이기도 합니다.

그동안 중증장애인 발굴작가 140여 명과 창작집 84종 (세종도서문학나눔우수도서8종 중소출판콘텐츠제작지원1종 우수출판콘텐츠제작지원1종 등) 84,000권을 배포하였으며 전국 국공립 도서관과 작은 도서관에 배포되어 장애인문학의 창의성, 대중성, 역사성을 바탕으로 장애인문학의 확산과 보급을 이어온 대전광역시·대전문화재단을 알리는데 일조하였습니다.

결국 이러한 성과는 지속성을 담보해야만 가능한 일입니다. 대전광역시·대전문화재단은 물론이고 사회적 가치를 위한 사회적 함의의 바탕은 시민 여러분입니다. 장애인문화운동이 곧 권익임을 인지해 주시고 응원해 주시길 바라며 참여한 작가들 그리고 함께 수고한 운영진에게도 진심으로 감사드립니다.

2023년 12월
전문예술단체 〈장애인인식개선오늘〉
대표 박재홍

나에게 시의 처음은 시시콜콜한 일기였습니다.
비밀스럽게 써내리고 몰래 읽다가 혼자서 부끄러워하던
질서 없는 낙서이기도 했습니다.
그러다 그리움이 어쩌고 외로움이 어쩌고 하면서
사랑 타령을 하는 편지가 되기도 했고
소소한 일상 속에서 오래된 기억을 꺼내어 보거나
살면서 겪게 되는 감상들을 시로 간직하게 되었습니다.
쌓아 온 시들을 이제 시집이라는 이름으로 내어놓는
신선하면서도 두렵고 부끄러우면서도 떨리는 첫 경험
을 합니다.
저의 첫 경험이 지친 삶에 잔잔히 함께 공감하며 머무는
감상이 되었으면 좋겠습니다.

2023년 12월
김상배

길, 끝에서 만날

차례

1부
서사

2부
소요유(逍遙遊)

3부
소이부답

해설

1부
서사

서사1

있을 자리, 머무는 땅이 어디든
스미고 젖는다

때론 궂은비가 내리고 거친 바람이 불어
쓰러질 듯 마음도 앓고 눈물도 쏟으면서

담길 자리는 스스로 찾는다는
보편적 일상이 기다리고 있었다

서사2

쌓인 사진 더미를 들추다, 아무도 듣지 못하게 이불 뒤집어쓰고 밤을 새워 통화가 몇 날인지 모르는 한 컷

물끄러미 들여다보다, 만나지 못한 날은 하루 종일 하늘에 구름처럼 떠다니던 기억을 떠올리고

기억도 안 나는 그 집을 찾아 옮기던 발걸음이 어둠 속에 불꺼진 창 아래 서성이던 선명한 기억을 만났다

서사3

딸아이가 묻던 첫사랑을 대면 대면하게 밀어내며, 일기장에 온통 한 사람의 이름밖에 없던 혹은 만나지 않는 날이 세기 편하던 때를 가늠하며 윤기 없는 오늘이 무던하게 썼던 편지처럼 촉촉하게 젖어드는 작은 상자를 기억했다

서사4

그러지 않아도 될 바람이 한 곳으로만 불고
한 곳으로만 흐르던 냇물이
거꾸로 흐른다

세상에서 부는 바람은 너에게로만 분다

강으로 흐르던 냇물이 거꾸로 흐르는
대해에서 너를 찾고

우리는 초로의 한 사람으로
한 하늘을 이고 지금껏 서성이고 있다

서사5

　사랑이 그리운 밤에 지나치는 기차, 마지막 손님이 내려서고 지나쳤다 바람에 떠밀려 너를 기다리는 노루목에서 휘청이고 있었다

　가볍지 않은 약속이었는데 전화는 걸지 않기로 특정했다

서사6

홍제천 새벽 새들을 만났다
제발 제발 오라고 오라고 할 때는
꿈쩍도 않더니

잊을 만하니 불쑥 찾아와
온 맘 둥둥
떠다니게 만들어 놓고

제발 제발
가지 마라 가지 마라 할 때는
그렁그렁 눈물 맺히게 하고
가버린 사람

해마다 감기처럼
마음 앓게 만드는 기억을
재생하는 곳

서사7
— 능개비 맞고 서있는 백일홍

그대에게 이르는 길

아무리 꼬아 봐라

내가 못 찾아 가나

서사8

있잖아 우리
내일도
모레도
매일 만날 건데

오늘도
내일도
모레도
헤어지지 않으면 안될까

서사9
— 겸상

달랑 수저만 놓은 아직 차리지 않은 밥상 앞에서

늙은 손이 켜는 거문고처럼
밥숟가락에 반찬 한 점
올려 주시는 이미 배부른

늙은 해바라기 눈에 난
길을 만납니다

서사10

만나지도 못하는 기찻길을
왜 따라 걸었던 걸까

마음에 남은 누군가를 지우는 일
아프게 흔들리고

타 버린 눈물 한 방울 잠겨
신음 소리조차 낼 수 없어
생겨난 안면인식장애

서사11

마음이 그대에게 닿아 있는 줄
바람도 알았던 거예요

낙엽 하나로 그대 창가에
데려다 놓았어요

이제 나는 창을 열기만 기다리면 돼요

당신은 이미 찰나에
발화점이 되었으니까

서사12

정말로 흔하고 흔했어요 새로 서는 부부에게 검은 머
리 파 뿌리가
  되도록으로 시작하던 주례사

어머니의 화분에 심긴 파를 보다가 문득 뿌리가 보고
싶어진 때도
  참았어요

결국 뿌리의 축복이 보고 싶어서 덮인 흙 걷어 내면
  사랑 잘 자랄까요 하는 되물음을

죽을 때까지 뿌리를 보지 않기로 하고 호기심을 잘 묻
어놓고
  두고두고 사랑하기로 하고 돌아섰습니다

서사13

시도 때도 없고 아무런 예고도 없이
불쑥 선명한 기억 하나 발아하여
올라오는 일처럼 당신 주변에
서성거리던 발자국들

생각할수록 한 편의 영화 제목처럼
그해 겨울 따뜻했네

서사14
— 새벽기도

가까이 가면 내가 선 줄 알고

그대 맘 열리는 야무진 꿈을
꾸었던 적이 있습니다

다가서면 열리는 자동문을 떠올리며
삼삼오오 교회들을 찾아들
가는데

이미 아이의 마음을 잃어버린 나는
선지자의 통곡을 배우고 있습니다

서사15
— 흑백사진

길 위에서 만나는 것들을 무심하게 흘러 보냅니다 내 안에 모든 것들이 뿌리처럼 혹은 벌레의 촉수처럼 몸과 마음의 온 신경이 길 끝에서 만날 당신에게 닿아있는 까닭입니다

어둠과 어둠이 부딪혀 빛이 나는 것 같은 경계에서 당신이 떠올랐습니다 혼자일 때 생기는 당신의 어둠을 가지고 오세요 혼자일 때 생기는 나의 어둠으로 마중 나갈게요

당신과 내가 만나 빛을 이루는 기적 당신과 내가 만나 떨어지지 말아야 할 이유예요

서사16

당신이 들어올 만한 틈이라곤
눈을 씻고 찾아도 없는데

제 집인 양 버젓이
마음까지 들어와
오래 두고두고 보란 듯
저 닮은 모습 하나
달아 놓았다

조그마한 창 벽에 비친 그림자 그리고
부서진 사금파리처럼 빛나는
달빛

서사17

대문 앞에 기울어진 우편함에 눈길이 머물면 바람이 하나 생긴다 네가 보낸 사랑 때문이었으면 좋겠다 우편함마저 견디지 못하는 사랑이 이유가 되었으면 하는 바람?

서사18

예쁘지 않은 데가 어디 있을까 콘크리트 틈에 보랏빛
오랑캐꽃 말하지 못하는 벽도 가득한 낙서처럼 산란하게
너만 보는데

너, 정말 예쁘다고 말하는데도 웃지도 않고 발치 끝만
바라보네

서사19

　다시 합치고, 당신을 볼 수 없게 눈을 가리는 것들 매
일 지워버리기 일상을 견디며 그런 지우개 같은 마음 하
나 가지기 허물을 볼 수 없게 눈이 어두워지지 않도록 등
불 하나 마음에 켜 두기 그럴 때면 당신은 맑은 수액을
품은 땅이 되어 나로 인해 받은 상처 위로 파릇파릇 어린
싹을 올리는 봄이 되기를 소망할수록 내 속에는 조금씩
견디며 텅빈 공간을 채워가고 푸른 보리밭 같은 윤기가
흐르고 있었다

서사20

구름에 가린 새벽별이 빛을 내려고 안간힘을 쓰는 동
안 바람은 거칠게 불고
아랑곳하지 않는 비가 내렸어요

매일 해를 바라보는 곳에서 내 시선이 길을 잃었는데
그냥
당신이 떠올랐어요

그냥이라는 말이 이렇게 든든한 말이었어요

2부

소요유(逍遙遊)

소요1

매 끼니마다 希望으로 소복한
한 공기의 밥을 비우며

늘 시작 줄에 서서 나이를 먹습니다

환갑을 지나 고희를 맞이하더라도
풋풋할 가슴

스스로 긍휼한 노동에 허기진 몸을 이끌고
허름한 백반집을 찾아

가지런하게 놓인 수저를 앞에 두고
밥뚜껑을 열기 전

사도신경을 되뇌입니다

소요2

가녀린 마음 보듬고 있다 장성하여 사회복지사가 되더
니, 타인의
눈이 되다가, 귀가 되다가, 팔이 되다가, 발이 되다가
뭇 사람들 빠져들 웃음으로 부케보다 하얀 면사포를
썼습니다

먼 발치에서 나도 모르게 박수를 치고 있었습니다

소요3

가끔, 용기를 내서 그 사람이 없는 자리에서
그 사람 실컷 흥보기
그러다가 그 사람 나타나면
환하게 웃어주기

술을 마시다가 안주가 없으면
그 자리에 없는 사람
안주 삼아 차례로 씹어주기
그러다가 그 사람 나타나면
다른 안주 권해주기

그 사람이 없는 자리에서
실컷 흥보고
안주로 씹다가

그 사람 옆에 앉은 사람을 쳐다보며
나타난 그 사람에게 겸연스레 웃으면서

"재미 삼아 너 흉봤어 내용은 비밀"이라고
말하며 자꾸 그런 장난하다가
자꾸 사람도 잊어먹었으면 좋겠어

소요4

마당에 핀 목단꽃 보다가 생각났어요

울 엄만 날 보고
밉상이라 하구요

울 아빤 날 보고
예쁘다고 하지요

누구 말이 맞나
알아보면

엄마 말이 거짓말 금방 알아요

소요5
— 아들에게

아들아 너는 너의 꿈을 위해 방황하는 것은 알을 깨고 나오는 것과 같으니 잠시 너는 길을 잘못 들어설 수도 있는 것은 들에 핀 망초꽃처럼 자연스러운 것일 수도 있단다 오늘이 내일을 위한 어제와 내일을 위한 선험적 시공간일지니 차라리 실수에 감사하는 것을 배우면 된다

아들아 네가 이루고자 하는 꿈에 대해 처절한 좌절부터 시작됨은 부족한 이해와 내림으로 시작된 가난이니 누대의 허물이 어제와 내일을 보지 못하고 살기에 바빠 오늘을 직시하고 인정하는 순간 단단해진 나를 찾기 어려웠다 나의 미망이 너의 방황의 근원이다

살며 사랑하며 배우는 것이 부족해 가족의 소중함을 더디게 알았고 스스로를 사랑하지 못해 위로는 부모님과 아래로는 자식을 향해 신산한 세상을 살며 온전하게 지키지 못했으니 타자를 위한 삶은 엄두를 낼 수 없어 너의 꿈은 더욱 고단할 수 밖에 없었다

아들아 스스로 사랑하는 법을 배우면 나 이외의 삶이 풍요로워진다는 것을 알기까지 지난한 삶의 행로를 지나야 알 수 있고 이렇게 아프게 눌러쓰는 시간이 너의 방황을 줄이고자 함이니 아들아 너를 사랑하거라

아들아 너의 사랑을 가꾸다 보면 나를 만날 것이니 당부의 말은 아니고 치열한 삶 속에서 오늘을 온전하게 살면 따듯한 어제와 내일이 보이니 지금 다시 하는 말이지만 너를 사랑하거라 그것이 시작과 끝이란다

소요6

眞實이 묻혀버린 밤은 은총처럼 감싸던 별도 없다.

버릇처럼 용서를 구하고 부끄러운 두 손 가슴에 대면
무화과 잎사귀로 몸을 가린 아담의 갈등이 보여

용서받는 즐거움에 믿음으로 시작되고
은밀히 당신을 모독하며 막을 내리는
순수한 모순의 우린
天使와 囚人

매일 무너지는 손끝에는 든든한 용서가 살아나
출근길 화단에 무서리로 내리네

소요7

웹서핑을 하다 보니 세상 사는 처세가 보이네

남보다 더 빨리 앞서가기 위해선
내 앞에 가는 사람을 걸어서 넘어뜨리고

남보다 더 많이 이익을 얻기 위해선
기술적으로 남을 속여야 하고

남보다 더 빨리 성공하기 위해선
밟고서 보이지 않게 그를 이용하고
수명이 다하면 버리고

처자식 먹여 살린다는 명목으로
내 앞에 가는 사람을
걸어서 넘어뜨려야 하고

처자식 먹여 살리자고
정말 이래야 하는지

문득
나라면?

소요8

빌딩 가득한 도시도, 그 한쪽에 사는
사람과 부대껴도 허허롭다

빌딩 사이 가로등이 하나 둘 켜지면
그 헛헛함에
그리운 사람들이 들어선다

술은 그리움에 먹는 것이 아니라
울혈을 내리기 위해 마신다

채우고 비워지는 사계절처럼
기억 속에 머문 사람들로
나를 채울 수 있으니
헛헛함 속에는 사계(四季)가 있다

소요9

햇볕도 스밀 수 없는 허공의 어두운 그늘 속 육교를 깔고 앉은
생업의 터에 아주머니 둘이 보인다

마스크 밖으로 김도 나오지 않는 추위에 물끄러미 행인의 눈을
찰나에 맞주하고 앉아 있다

좌대랄 것도 없는 휴대용 돗자리 위에 옷핀, 양말, 우산, 좀약
멀리서 보고도 눈길을 피하는 사람들 그마저도 마음이 허락지 않아
멀리 돌아가는 이들도 보인다

뱅크시[1]가 그린 지옥도가 따로 없다

---

[1]정체불명의 영국화가. 그래피티 아티스트, 사회운동가, 영화감독 등 스스로 예술 테러리스트라고 칭함.

소요10

거실의 창밖으로 바람이 보였다 사라졌고 문을 열면 비 냄새가 섞인 바람이 들어왔다 몇 날을 습한 더위가 지나더니 땅도 비가 그리웠나 보다

땅을 두드리는 빗소리가 들리기 시작할 즈음엔 날이 어둑해지고 창밖으로 보이던 바람도 보이지 않는다 빗소리가 나뭇잎을 흔들고 짙은 아카시아 향을 데리고 들어섰다

하루가 얼마 남지 않았었는데 선잠을 깨어 새벽녘임을 알게 되었고 아직 비는 진행형이다

소요11

돌아서면 햇살 부서질 것 같은 어둡고 습한 삶의 골목
끝 그 골목에서 내게로 와라 너 힘들고 지친 삶의 골목을
걸을 때 네 짐을 조금이라도 더는 무게로 네게로 가마 그
렇게 난 여기서 갈 테니

어떤 날은 슬퍼 울 수도 있을 것이고 어떤 날은 마음마
저 앓아 누울 때도 있을 것이니 돌아서면 햇살 부서질 것
같은 그 골목 끝에 매달린 붉은 십자가를 향한 허기 혹은
묵묵부답

소요12

우리 한 살이가 지나는 길은 늘 그렇듯이 햇살 가득한
반듯한 길은 아닐 것이다 고산지대의 날씨처럼 혹은 당
신의 변덕처럼 사계절을 살겠지 나는 헐렁한 수의 한 벌
입고 동여맨 채 나설 길이다 각기 돌아서 바라보는 저길,
각기 끝에서 걷기 시작하여 만난 길에서 함께하여 각기
돌아갈 길을 걸으며 살아갈 것이다 길은 남고 우리를 추
억할 사람들을 두고 그렇게 소멸되어질 시간 속에서 한
줌 햇살처럼 허공을 딛고 사라질 그날 미안하고 사랑했
다고 들려줄 수 있을까 가족예배처럼 순하게

소요13

회색 콘크리트 냄새 나는 바람에 젖어 있다
빗소리와 함께 찾고 싶은 곳
그곳에 나의 이모가 산다

누구나 친구가 될 수 있으며 사는 얘기 질펀한
시장(市場) 먹자골목에 사는 그들은
노동에 악어처럼 단단한 손등을 지녔고

허기진 이들에게 뜨거운 국물과 이것저것
집어 주는 인정 만으로도 천국과 극락은
예약되었다

축복받고자 하는 독자들이여 보살들이 사는 그곳을
찾으라 비가 오는 날이면 더욱 좋다

소요14

　　뜨거운 태양은 파라솔도 힘들었다 견디다 못해 겨우
돌아온 제 차례에 저보다 작은 나무 그늘에 몸을 맡기고
있다 기댈 언덕 하나 바라는 소망 하나 없는 근근이 오늘
을 사는데 담장 아래 묻어놓은 파 한 단에 우리 사는 애
기가 수런거리고 있었다 빛을 바라는 숨은 빛을 향해 고
갤 든다

소요15

누구라도 보낼 수 없었을 거야 마음 다해 사랑했다 해도 여기까지 우리 인연이다라고 되내이며 당신을 보내야만 하는 때가 오더라도 쉬이 당신을 보낼 수 없는게 마음이야 마른 눈물마저 쏟아내서 피 같은 속울음의 딱지가 떨어질 때까지 내가 할 수 있는 것은 메마른 기도 당신이 받아들이는 영접이야말로 충만함에 이르게 하는 나의 허물을 씻기는 정화수

소요16

비에 젖은 길 옆에 모로 누운 참새의 죽음을 목도하고

보도 위에 땅이 없어 가까이 가져다주지 못하고
내 마음 모르는 듯 멀리서 달려오는 씩씩한 버스

초상도 치르지 못하고 남겨두고 온 주검처럼 낯선 얼
굴로
익명의 죽음을 떠올리며 신새벽 여운이 깊다

소요17

홍제동 산에서 내려다본 다닥다닥 집들을 두고
그 속을 벗어나 내가 살던 그곳,

사람도 그리 살갑지 않을 것이다 동네 골목
초입에 꼬리치던 백구

두고 떠나는 차를 향해 힘껏 뛰어 마을 어귀까지
따라오더니 물끄러미 앉아 쳐다보는데

나는 누군가를 하염없이 달려가 사랑한다고 말하며
하염없이 배웅하며 기다림을 약속해본 적 있는가

소요18

   초가을 비낀 해가 서투른 그림자를 내고 꿈길을 더듬
어 찾아간 고향 집 장독대 된장, 고추장, 간장독 뚜껑이
열려 볕을 쬐고 있었다 참 넓었던 마당 내 몸만큼 작아졌
을 것인데 하고 둘러보는데 그대로다 새벽길을 나서는
달이 내 등을 밀어내고 있었다

소요19

　두 아이가 성장하고 나니, 비가 내리고 어둠 속에서 흔
들렸다 풀리지 않는 일상이 복잡하게 담장 밑 그늘로 숨
는다 하나씩 가닥을 잡고 풀어가는데 실타래처럼 민낯의
내가 나온다

소요20

기독교인으로서 나의 착각

나는 누구보다도 남들을 더 많이 생각하고 배려해, 너
그럽고 여유도 있어, 원칙적이지만 걸맞게 융통성을 부
릴 줄도 알아 하나님도 날 사랑하는데 누구에게든지 사
랑받을 조건이 많아 나는 무엇이든 혼자서도 잘해

고백하지 말자 혀는 영원히 갈지 않아도 되는 날이 없
는 칼이다 치유하게 하는 수술 도구이기도 하고 폐부를
찔러 상처 입히는 커다란 대못이기도 하다

이런 부질없는 믿음을 어떻게 설명해야 할까

3부

소이부답

소이부답1

지난겨울 어깨에 내린 눈을 기억한다

해마다 첫 눈이 오면
해마다 행복한 의미는 생겨났다

벌써 행복한 늙은 소년이 된다
지난 기억을 끄집어내서
미리 행복한 소년이 된다

올해도 우산을 받쳐들지 않으리라

날려오는 바람에 맡겨
같이 너울 덩실대다가
처음처럼 너를 만날 것이다

소이부답2

졸졸 따라다니다가 혹은 보이지 않게 머물다가
마음을 앓다가 돌아선다

네가 서 있는 자리를 휘휘 거리면서
혹이나 눈치챌까 봐 보이지 않게 머물다가
마음을 앓다가 돌아선다

돌아서다 나 혼자 뜨거워져 단풍으로 타들어 가다
이른 겨울비에 젖어 낙엽으로 떨어져
네 주변에 보이는 바람에 이끌려
앙상하게 공중제비를 돈다

줄타는 무동처럼 공중을 맴돌다 마음을 앓다가 돌아설
때
네가 서 있는 자리를 휘휘 거리면서 혹이나 눈치챌까
봐
보이지 않게 머물다가 마음을 앓다가 돌아선다

소이부답3

지치게 마시고 곤하게도 마시고 가야 하는 삶의 과정
에서
기쁜 감사를 드릴 수 있게

욕심이라면 당신을 위한 욕심을 낼 수 있도록 하기까
지
처와 함께 아이 둘을 키우고서야 알게 되었습니다

소이부답4

　산정에서 아침을 맞기까지 바위는 침묵으로 녹아내렸습니다 나의 허물은 적요함을 건너 칠흑같은 밤을 견디며 신새벽 일출을 통해 가슴에 침묵의 불씨 하나 받아 산을 내려서며 함께 타오를 가족을 떠올립니다

소이부답5

　세밑에 서서 뭘 지워야 하나 되묻다가 살아온 날들의
어느 혼란스런 기억들을 지워야 하나를 생각했다 어제보
다 오늘을 오늘보다 내일을 하고 다시 물었다 궁리 중에
넋을 잃은 나에게 어머니가 말씀하신다

　시절이 어수선할수록 공부를 해라 공부는 나이도 없다

소이부답6

아침 첫차를 타고 출근하는 길에 아무 제물 없는 제사
를
　버스 안에서 마음을 열어 올린다

　떠 놓은 물 한잔 없이 바라는 마음만 상 위에 가득 차
렸다

　오늘 하루도 건강히 욕심부리지 않게 나를 이기는 것
에 최선을
　그리하여 당신의 이름이 헛되지 않게 그렇게

　눈을 뜨니 회사다

소이부답7

　나무에서 갈대를 보았고 나무와 갈대 사이에 있는 나를 보았다 현재와 미래형 사이에 역접사처럼 지금 가난하지만 행복한 가족, 희망을 지피는 열정이 나를 지탱하는 동안에 내 손을 잡는 가족의 훈기만으로 타인을 향한 연민을 느낄 수 있어 오늘을 견디는 노동이 이웃을 향한 시어가 될 수 있기를 바라는 웃음이 있다

소이부답8

누군가가 길을 가다 멈추었다 돌아선 흔적도 보이지 않는다 여기까지 와서 내다보니 길은 없다 돌아설 길도 이미 없어졌다

돌아설 길은 이미 시간이 지워버렸다 어디로든 길을 만들어 내야 한다 발자국 하나 더 내어야만 한다 시간이 자꾸 민다 밀리기 전에 먼저 길을 내자 조금만 일찍 먼저 가자 애를 써도

이제는 시간 속에 잔존하는 남은 여력이 없다 아이들이 성장한 만큼 나는 늙어간다 모두가 각기 다른 말을 한다 마음은 하나인데 말이 다양하다

아우성치는 바다에 포말처럼 사그라지는 나의 삶이 한 편의 시로 흐느끼기를 간절하게 혹은 절박하여 슬픈 영화의 결말처럼 여운있기를 바란다

소이부답9

머언 길을 돌아와서 황혼 이제는 쉬고 싶은 하오(下午)

조금만 숨 좀 돌리고 언제 어디일지 모르는 마지막을
타자의 눈으로 조금은 애정 어린 눈으로 바라보다가
일어서서 다시 가던 저녁

나에게는 정자나무처럼 허리 굵은 가족이 있었네

소이부답10

무엇을 적어도 詩가 될 것 같아서 어떤 낙서를 해도 다시 생각해 볼 수 있을 듯해서 바라보면 빠져들 듯한 줄도 안 쳐진 노트 한 권을 샀다

때로는 여백 그대로 남기고 때로는 꾹꾹 눌러쓴 울혈로 한 줄 채우고 한 장 한 장 넘긴다

소이부답11

첫 울음, 그것은 다만 살았다는 소리였었다 웃음을 배우고 울음을 깨우쳐 가면서 그냥 울음이었던 소리에 결이 생기기 시작했다

속이 궁금해서 들여다봤다 그 속에서 들여다보는 밖이 보였다 사는 얘기 들여다보면 안팎이 하나라는 것을 알게 된다

그사이 유년의 겨울이 오고 지금의 봄이 오지만 그날로 돌아갈 수 없는 유년이 생경하게 다가서는 때가 있다 주인 잃은 내 유년의 가방처럼

소이부답12

서로 포장하지 않아도 돼 그저 좋아서 하나가 된 선물 같은 인연이었잖아 나뭇가지 부딪칠 때마다 나는 살 내음에 토닥토닥 떨어지는 빗소리 잎새 위로 구를 때면 당신이 생각나 무작정 길 속으로 들어서게 되네

소이부답13

벌써 그리워지는 그늘
눈 같은 꽃들이 피어선 지고
누가 뭐랄 것도 없이
허물을 벗고 입는다

돌담을 따라 불던 바람에 살이 닿는 촉감이
보송한 솜털을 간질이는 4월

떠나보고 싶다

소이부답14

지내온 골목 끝 누군가 부르는 소리에 돌아보면
희미한 가로등만 지켜 서 있다

다시 길을 잡아 서면 또 그 소리 돌아보면
지친 유년에 보았던 그 가로등
눈길을 향해 다가서는 빛이 휘고 있었다

지친 하루가 노루목 같은 골목 어귀에
딸아이가 들어서고 있다

소이부답15

동네 문방구 앞 자그마한 오락의 즐거움에 빠져있는
앞니 빠진 꼬마들 이 가난한 동네에 아무도 없는 여백에
여문 홍매처럼 반갑다 공중화장실에 적혀 있던 글귀가
생각난다

"우리가 사는 오늘은 어제 죽은 이가 간절히 소망했던
내일이다"

소이부답16

정류장에서 버스를 기다리며
정류장에 내려 걷는 동안
비를 맞았다

책가방에 우산이 있는데
비를 맞았던 때가
기억이 났다

아무리 해도 그 낭만은
이제는 생기지 않는다

비는 더 부슬거리고
나는 더 처량해진다

소이부답17

뭔지 모를 허전함이 몰려옵니다.

살다가 그리워지는 날이 있습니다.
달랑 사람 하나 좋아서
부둥켜안고 울어본 그 하루가 그립습니다.

깊게 패인 기억이 상처로 남았습니다.
아무리 애써도 지워지지 않을
인연의 업장은

자랑이 되어버렸습니다.
문신처럼 되어버린 그 상처가
자랑이 되어버렸습니다.

소이부답18

홍제천 일방통행길 초입 구이집 아저씨
닭을 굽는 기계가 실린 화물차 옆
항시 거기 앉아 있었다

길 건너 가게 안에서 닭을 주문하는 손님에게
차가 다니는 길을 하루에도 수없이 건너
구이를 나르다가 다릴 절게 되셨다

마을을 지키는 당산나무처럼
가족을 지탱하는 구이집 아저씨의
등 뒤로

부슬부슬 능개비가 내리고
내 안에 폭풍처럼 일어서는
천둥소리에
흔들리고 있음을 알게 되었다

소이부답19

신두리에서 밀물은 소리치지 않는다
조금씩 피부를 간질이며 온다

상처 난 바다의 피부가 아물면
썰물로 다시 나서고,

또 상처를 입을 준비를 한다

소이부답20

많은 날들이 흘러 저 먼 기억 한 편에
차곡차곡 퇴적되어서
기념하고 싶은 날이
쌓여 있습니다

그렇게 기억된 자리에 슬픔이 발효되어
우리 이야기 소라 고동소리처럼 들리거든

그렇게 죽으면 행복하겠습니다

길 끝에서 만날 소이부답(笑而不答)

— 김상배 시집 『길, 끝에서 만날』

박재홍 | 시인 · 문학마당 발행인 겸 주간

길 끝에서 만날 소이부답(笑而不答)
— 김상배 시집 『길, 끝에서 만날』

박재홍 | 시인 · 문학마당 발행인 겸 주간

1. 김상배 시집 『길, 끝에서 만날』, 서사(敍事)의 실체에 관한 전제

《문학마당》을 통해 등단한 김상배 시인이 전문예술단체 〈장애인인식개선오늘〉이 주최 · 주관하는 대한민국장애인창작집발간사업에 선정되어 첫 시집을 내게 되었다. 1부에서 3부까지 60편의 시가 모습을 드러낸다. 사라져가는 가족의 결계가 선명하게 드러나는 서사(敍事)와 나랏님도 구할 수 없는 가난한 소시민들의 삶에 소요유하는 여정과 이제는 삶에 대한 소이부답(笑而不答)하며 견지하는 자세까지 김상배 시집 『길, 끝에서 만날』에서는 처처에 새울음처럼 묻어난다.

서구 문예학에서 '서사(敍事)'는 텍스트에서 서술되는 이야기나 사건을 의미하지만 동양적 사고의 시인의 시 속에서 가지고 있는 '서사(敍事)'는 '무위(無爲)'를 지향점으로 삼으며 현실을 견뎌내는 '가족' 중심의 '아버지'의 '서정'과 '음률'을 전제로 한다는 점이다. '사회적 유용성' 배제되어 도태되었다는 문학 연구의 양상으로 비칠 수 있으나 특정하여 희소한 '아버지'에 대한 시대적 '이해'의 현실적 입장을 소환하는 데 있어 그의 시는 새롭게 부활하는 단초를 제공하고 있다. 이는 문학뿐만 아니라 심리, 사회, 민속, 인류, 매체, 문화학 등 광범위한 확산을 말한다.

시집 『길, 끝에서 만날』에서 보여주는 '서사(敍事)'는 창작에 대한 착상과 양상으로 전개되어 온 전통적 서사이론이라거나 문학적 연구의 실제, 문제점 혹은 비전에 대한 서술보다는 소시민으로 살고 있는 시인의 소소한 이야기와 소외된 그들만의 이야기, 그것도 참여가 어려운 형편의 견지를 통해 스스로를 정화하는 과정에 발생한 문채가 주는 투명함을 말한다.

이러한 점에서 그의 시의 목적성은 현대 시민사회의 체제가 안고 있는 구조적 모순이 자연스럽게 드러나는 자기성찰적 '서정(敍情)'을 통해 읽는 이로 하여금 담담하게 전달된다는 점이다.

20세기 구조주의 대표적 이론가 롤랑 바르트가 말하는 실제 '서사'는 인류 역사와 함께 시작되었고 언제 어디서나 어떤 사람들에게서나 '서사'가 '존재했다'는 점과 '존재한다'는 점에서 그의 언급은 인상적이다. 그의 시적(詩的) 서사를 통해 인간을 타자와 구분짓거나 관련지으며 살아왔다는 전제도 인정하지만 신의 섭리에 대한 궁구하는 신앙인으로서 '소요유'가 보여지기도 한다. 이는 무수한 형태의 시적 서사 중에서 하나님이 창조한 세계인 자연과 인간에 대한 의미를 부여하며 역사성을 굳이 얘기하지 않고 자신의 삶의 범주로 제한하여 스스로의 서정을 드러낸다는 점이다. 이는 아리스토텔레스의 저서 '시학'에서 구체적으로 호머를 인용하는데 서술자의 이야기 대상을 표현하는 방식을 통해 드러내는 것이라는 점이다. 그의 시도 이와 별반 다르지 않다는 점이다. 이렇듯 그의 시적 행보도 '독자성'의 첫 단추를 꿰었다고 할 수 있겠다.

2. 기도 속에 내어놓은 아픈 가족사

가난이 대물림되고 그 수렁에 빠지면 벗어나기 어려운

구조적인 모순 속에 우리는 내몰리고 있다. 누구나 사회적 통점은 같다고 볼 수 있겠지만 개인적 통점보다는 우선시하지는 않는다. 이는 고부간의 갈등, 부부간의 갈등, 부모와 자식 간의 갈등도 무관하지 않다. 또한 가족의 애환을 드러내는 서사를 쓰기가 싫지 않은 것도 사실이다.

딸아이가 묻던 첫사랑을 대면 대면하게 밀어내며, 일기장에 온통 한 사람의 이름밖에 없던 혹은 만나지 않는 날이 세기 편하던 때를 가늠하며 윤기 없는 오늘이 무던하게 썼던 편지처럼 촉촉하게 젖어드는 작은 상자를 기억했다

— 시 「서사3」 전문

직면한 오늘이 당당해질 수 없는 이 땅의 모든 가장에 대한 무거운 질문일 수밖에 없는 상황에 대한 비끼는 아쉬움이 투명하게 묻어나는 시라고 보여진다.

사랑이 그리운 밤에 지나치는 기차, 마지막 손님이 내려서고 지나쳤다 바람에 떠밀려 너를 기다리는 노루목에서 휘청이고 있었다

가볍지 않은 약속이었는데 전화는 걸지 않기로 특정했다

— 시 「서사5」 전문

정말로 흔하고 흔했어요 새로 서는 부부에게 검은 머리 파 뿌리가
되도록으로 시작하던 주례사

어머니의 화분에 심긴 파를 보다가 문득 뿌리가 보고 싶어진 때도
참았어요

결국 뿌리의 축복이 보고 싶어서 덮인 흙 걷어 내면
사랑 잘 자랄까요 하는 되물음을

죽을 때까지 뿌리를 보지 않기로 하고 호기심을 잘 묻어 놓고
두고두고 사랑하기로 하고 돌아섰습니다
— 시 「서사12」 전문

고부간의 갈등으로 별거 중에 사내가 아내가 너무 보고 싶어 가는 행간이 읽혀지는 작품이다. 이제는 내 탓이 아닌 사회의 구조적 모순으로 빚어진 모습이라는 알기까지 얼마나 많은 사람들이 거리에서 촛불을 밝혔는지 알 수 있는 대목이기도 하다. 1부에서 빚어낸 연작시 '서사'의 20편의 처처에 이러한 사람 사는 이야기가 아릿하게 다가선다.

가까이 가면 내가 선 줄 알고

그대 맘 열리는 야무진 꿈을
꾸었던 적이 있습니다

다가서면 열리는 자동문을 떠올리며
삼삼오오 교회들을 찾아들
가는데

이미 아이의 마음을 잃어버린 나는
선지자의 통곡을 배우고 있습니다
— 시 「서사14 — 새벽기도」 전문

다시 합치고, 당신을 볼 수 없게 눈을 가리는 것들 매일
지워버리기 일상을 견디며 그런 지우개 같은 마음 하나 가
지기 허물을 볼 수 없게 눈이 어두워지지 않도록 등불 하나
마음에 켜 두기 그럴 때면 당신은 맑은 수액을 품은 땅이 되
어 나로 인해 받은 상처 위로 파릇파릇 어린 싹을 올리는 봄
이 되기를 소망할수록 내속에는 조금씩 견디며 텅빈 공간을
채워가고 푸른 보리밭 같은 윤기가 흐르고 있었다
— 시 「서사19」 전문

기도가 계속해서 끊어지지 않게 하기 위해 다니는 새

벽기도는 얼마나 그를 두려움에서 건져냈을까. 스스로 물질을 쌓는 법을 잃어버리고 근근이 살며 고부간의 갈등을 겪어내고 아들이 장애를 얻고 일상에 복귀하기까지의 애를 태웠을 부부, 할머니와 같이 살고 있는 딸의 모습, 아내와 처음으로 둘이 살아보는 삶 등 그에게 하루가 얼마나 힘들고 두려웠을지가 느껴진다.

마당에 핀 목단꽃 보다가 생각났어요

울 엄만 날 보고
밉상이라 하구요

울 아빠 날 보고
예쁘다고 하지요

누구 말이 맞나
알아보면

엄마 말이 거짓말 금방 알아요
— 시「소요4」전문

아들아 너는 너의 꿈을 위해 방황하는 것은 알을 깨고 나오는 것과 같으니 잠시 너는 길을 잘못 들어설 수도 있는 것

은 들에 핀 망초꽃처럼 자연스러운 것일 수도 있단다 오늘
이 내일을 위한 어제와 내일을 위한 선험적 시공간일지니
차라리 실수에 감사하는 것을 배우면 된다

아들아 네가 이루고자 하는 꿈에 대해 처절한 좌절부터
시작됨은 부족한 이해와 내림으로 시작된 가난이니 누대의
허물이 어제와 내일을 보지 못하고 살기에 바빠 오늘을 직
시하고 인정하는 순간 단단해진 나를 찾기 어려웠다 나의
미망이 너의 방황의 근원이다
　　— 시 「소요5 — 아들에게」 중략

가족 간의 불화와 단절과 화해를 겪기까지의 과정은
지옥도일 것이다. 하나님에게 묻는다고 답이 있을 리 없
고 붙들고 매달려 한량없는 슬픔으로 자복할 수밖에 없
는 현실 그리고 장남으로서의 의무가 시인을 얼마나 억
압했을지 그럼에도 불구하고 하나님의 가호 안에서 빛을
찾아 두려움에 떨리는 스스로를 기도 속에 내려놓은 작
품집 속의 서정에 대한 그의 용기는 읽는 동안 내내 가슴
한 편을 먹먹하게 한 것도 사실이다.

지치게 마시고 곤하게도 마시고 가야 하는 삶의 과정에서
기쁜 감사를 드릴 수 있게

욕심이라면 당신을 위한 욕심을 낼 수 있도록 하기까지
처와 함께 아이 둘을 키우고서야 알게 되었습니다
— 시 「소이부답3」 전문

세밑에 서서 뭘 지워야 하나 되묻다가 살아온 날들의 어
느 혼란스런 기억들을 지워야 하나를 생각했다 어제보다 오
늘을 오늘보다 내일을 하고 다시 물었다 궁리 중에 넋을 잃
은 나에게 어머니가 말씀하신다

시절이 어수선할수록 공부를 해라 공부는 나이도 없다
— 시 「소이부답5」 전문

아침 첫차를 타고 출근하는 길에 아무 제물 없는 제사를
버스 안에서 마음을 열어 올린다

떠 놓은 물 한잔 없이 바라는 마음만 상 위에 가득 차렸다

오늘 하루도 건강히 욕심부리지 않게 나를 이기는 것에
최선을
그리하여 당신의 이름이 헛되지 않게 그렇게

눈을 뜨니 회사다
— 시 「소이부답6」 전문

그는 새벽에 일어나면 제일 먼저 뜨는 해를 사진 찍고 시 한 편을 필사하고 하루를 시작한다고 한다. 그의 성실함을 가늠하게 하는 대목일 수 있다. 학문의 단계를 분류하자면 셀 수도 없겠지만 가족의 등위로 보자면 뻔한 내용이라 어머니를 모시지 못하는 마음이 산란하게 드러나는 시를 만날 때마다 그의 어깨에 내려진 무게를 다만 짐작할 뿐이다.

이렇듯 일련의 작품들을 살펴보면서 김상배 시인의 '서사', '소요유', '소이부답'의 연작시의 편린을 살펴볼 때 시인의 지나간 이들과 오늘과 내일이 시적 회상을 통해 읽는 이로 하여금 차분하고 깊게 전달되고 있다는 점이다.

이는 그의 시가 웅숭깊은 삶에 대한 묵상과 경험, 투명할 정도로 맑게 비춰지는 기도에 내어놓은 생육적인 시어들, 일상에 제한된 범주 안에서의 단조로움이 가족을 지키는 절박함과 진실이 빚어내는 고졸함이 산재해 있다. 이러한 점에서 그의 시는 잠재력이 강하다.

3. 상생과 조화를 통한 유화된 소이부답

동양적 사고의 시적 기능성은 미풍을 진작하고 악덕을

바로잡는다고 했다. 우아(優雅), 풍윤(豊潤)을 근본하고 청신이나 화려에 대한 미의식을 가지고 연마하기 때문이다. 그의 시는 번다하거나 기교적이지 않고 그렇다고 수사가 화려하거나 문체가 유려하지도 않다. 다만 담백함과 고졸함이 경험과 심성에 따라 드러내는 것이라 진정성이 수반되어 읽는 이는 저절로 설득되고 만다.

수사에 참뜻을 찾기 위해서는 진실성을 동반해야 한다. 김상배 시인의 시에는 그러한 기미가 보인다. 이는 그의 깊은 신앙이 함께여서인 것 같다. 그의 일련의 시들에서는 극적인 것들도 보인다. 경험에서 빚어진 해학이 비록 언사가 다양하지는 않지만 귀착점을 가늠하자면 진의를 감추어 굴절된 비유로 빚어질 때 재미있는 대중성을 가질 수 있다는 기미를 보았다.

시는 신과 자연이 진설하여 놓은 음식과도 같다. 모든 사람들이 섭생하여 취한 것이 상생과 조화로움이다. 거기에는 체득된 스스로의 맛이 있으니 쓴맛, 단맛, 매운맛, 짠맛, 싱거운 맛, 신맛이 있으니 이는 경험이 빚어낸 개인 간의 차이를 말한다. 시의 기능성이라는 것은 읽는 이의 아쉬움을 채우는 음식이나 의복과 같으니 스스로 달라는 대로 주었으며 취하여 욕심이나 성냄이 없고 더럽고 추악한 것이 없고 악독함을 버리니 복을 바라지도 않는 청청한 공부인 것이다.

   그의 시를 통해 서사와 서정의 전개형식을 통해 읽는
이로 하여금 주관적 감정과 인지에 영향을 끼치는 면으
로 볼 때 하나의 통일된 주제의식에 대한 일관성이 도드
라짐을 볼 수 있었다. 과거의 이야기가 현재에 소환되어
읽는 이의 심금을 두드리고 이로 인하여 자연에 대한 관
조를 통한 시인의 동기가 개인적 경험을 흔들어 재배열
하여 읽는 이로 하여금 보편적, 시학적, 통일성에 있어
차별화된 장점을 가지고 있다. 이것이 그가 얘기하고자
하는 소이부답이고 삶의 저항성일 것이다.

2023 장애인 창작집 발간지원 사업 선정 작품집

길, 끝에서 만날

1쇄 발행일 | 2023년 12월 20일

지은이 | 김상배
펴낸이 | 정화숙
펴낸곳 | 개미

출판등록 | 제313 - 2001 - 61호 1992. 2. 18
주소 | (04175) 서울시 마포구 마포대로 12, B-103호(마포동, 한신빌딩)
전화 | (02)704 - 2546
팩스 | (02)714 - 2365
E-mail | lily12140@hanmail.net

ⓒ 김상배, 2023
ISBN 979 - 11 - 90168 - 76 - 2 03810

값 10,000원

발행기관 | 장애인인식개선오늘 (042)826-6042
주최 | 장애인인식개선오늘(고유번호 305-80-25363. 대표 박재홍)
주관 | 대한민국 장애인 창작집필실
심사 | 발간지원 사업 심사위원회
후원 | 대전광역시, 대전문화재단, 갤러리예향좋은친구들, 문학마당, 한국장애인
　　　문화네트워크, 드림장애인인권센터, (주)맥키스컴퍼니, (주)삼진정밀

문의 | (042)826-6042